글벗시선 230 송연화 서른 번째 시와 시조집

마음 지우개

송연화 지음

마음의 지우개를 갖고 싶다

나를 성찰하는 마음으로 어느덧 30권째 시집을 출간한다
이렇게 시와 시조를 쓰면서 마음의 지우개를 갖고 싶다
상처받는 사람의 깊은 마음을 통째로 지울 수 있다면
생각까지도 지울 수 있는 지우개를 갖고 싶다.

내 마음이 환해질 수만 있다면 얼마나 좋을까
살아가면서 우여곡절을 겪으며 굽이굽이 비탈길을 오른다
때로는 죽을 만큼 힘들었다. 애써 울분을 삭이며 마음 가
라앉기만을 수 없이 기다리면서 기도했다. 그렇게 수없이
반복하는 삶을 살았다.

나는 내 마음이 넓은 줄만 알았다
내 마음이 그렇게 속 좁은 줄 꿈에도 몰랐다
속 좁은 여자가 분명한 걸 애당초 몰랐다
겉으론 상냥하게 웃고 속으론 손톱의 각을 세우고
기회를 엿보는 나의 삶, 이제는 용서가 필요하리라
내가 가야 할 기구한 삶이 많이 아프나
이제 그 모든 것을 지우는 마음의 지우개를 갖고 싶다.
            2026년 8월 어느 날에 유영 송연화 배

차 례

제2부 아버지의 꽃

제3부 풍경 소리

제4부 엄마의 봄날

제5부 뜨락에서

■ 서평

제1부

뜨락의 꽃

마음 지우개

보리가 익어갈 때

봄은 말없이 떠나가고
더위가 시작되는 초여름
들녘의 아름다운 보리밭

어릴 적 고향의 풍경이
눈앞에 펼쳐진 모습
누런 보리가 미냥 정겹다

할아버지 긴 수염처럼
알알이 영근 보리 이삭
황금빛으로 익어가네

유년의 어린시절
고향의 정겨운 모습들
둥둥 떠오르는 그리움

푸르렀던 꿈의 시절은
아스라이 사라졌지만
아름다웠던 그 추억들

빛바랜 추억이 그 시절
배고팠던 보릿고개
황금 보리밭 사연에 물드네

소중한 벗

시골길 한달음에
찾아준 소중한 벗
참사랑 고운 우정
깊은 정 새록새록
은은한 장미꽃처럼
진한 향기 남겼지

농사일 지쳤다고
위로와 토닥토닥
고맙다 진심으로
내 어찌 잊을쏘냐
내 삶이 끝날 때까지
둥글둥글 잘 살자

벗들과 동행 길은
정답고 달콤하고
수다로 나눈 희포
사연은 쌓여가고
보내는 이내 마음은
허전하기 짝 없네

꽃들의 위로

아침에 눈을 뜨면
뜨락은 꽃의 미소
위로를 듬뿍 받아
마음이 심쿵심쿵
오늘은 사랑 안에서
즐거운 일 생길까

겉으론 헤실헤실
평온한 하룻길에
옮겨본 발걸음은
바람든 풍선같다
가벼운 마음자리들
활력으로 채우리

햇볕이 쨍쨍 들고
초여름 무더운 날
물 호수 이랑마다
생명수 넘쳐난다
초여름 수확의 기쁨
손끝으로 맛보리

지금 들녘은

찬란한 금빛 햇살
들녘은 반짝이고
농작물 쑥쑥 자라
보는 맘 싱그럽네
춤추는 지금 들녘은
기쁨 가득 주누나

어제는 바람 불고
오늘은 평화로워
자연이 공존하는
들녘은 아름답네
더불어 꿈을 꾸는 삶
축제처럼 즐기세

언제가 웃으면서
옛 애기 나눌 때가
반드시 와줄 거야
오늘은 또 견디고
스스로 노력하는 자
준비한다 내일을

감자꽃

줄기가 한 아름씩
자주색 감자꽃이
족두리 머리 쓰고
이쁜 짓 어여뻐라
한줄기 다산의 자식
올망졸망 달렸지

초록색 줄기마다
꽃송이 매어 달고
나비들 유혹하는
들녘이 춤을 춘다
기대에 어긋남 없이
왕특 감자 되려마

하지가 지나가면
비닐 속 감자 수확
기대 반 설렘으로
여름날 기다린다
첫 수확 나눔과 판매
싱글벙글하리라

토끼풀

토끼풀 여기저기
저 홀로 피어나서
들꽃 길 샤방샤방
길가에 번져있고
오가는 산책길 즐겨
발걸음이 가볍네

꽃반지 꽃팔찌로
만들어 나눠 끼던
소중한 고향 친구
노을처럼 익겠지
유년의 소꿉친구들
보고 싶고 그립네

지금은 어느 곳에
터 잡고 살아갈지
아련한 그 시절의
개구진 친구들아
지금은 할배 할매가
되어가고 있겠지

금계국 꽃

산책길 뚝방에는 꽃길
노오란 금계국 살랑살랑
미소가 얼굴 가득 행복하다

아침저녁으로 걷는 이길
정녕 나만의 꽃길인 듯
자존감온 히늘을 날고

마음은 가득 부풀어
둥둥 떠다니며 한 걸음씩
아름다운 꽃과 동행이다

오로지 건강을 챙겨야 하는
절실함이 요구되기에
부단히 노력을 다할 뿐이다

언젠가 수고 했다고
나 자신 토닥토닥할 때가
분명 돌아오리라 믿으며

하염없이 꽃길을 걸으며
내일의 풍싱한 꿈을
한 아름 가득 펼쳐본다

뜨락의 꽃

이른 새벽 새소리에 눈을 뜨면
이미 발걸음은 뜨락을 향한다
군데군데 꽃들이 반갑게 피어
향기로 즐거움 주고 있기에

햇실은 장독대 가득 퍼지고
마당에 번지는 꽃향기로
벌렁코 되어 얼굴 가득
행복꽃 잔잔히 피어오른다

꽃 심어주고 풀 뽑아주고
사랑과 정성을 다해
시간을 조금만 투자하면
이렇듯 주위가 평화롭다

요행을 바라지도 않는다
텃밭의 농작물 가꾸고
희망의 꿈 뿌린 대로
거두며 소박하게 살리라

메꽃

뚝방에 올망졸망
수줍게 피어있는
메꽃은 곱디고와
발걸음 멈추었네
놀라운 들꽃 생명력
초인적인 힘이여

볼수록 에쁜 모습
바람에 한들한들
꽃잎이 펼친 모습
날갯짓 나비 같네
햇살에 빛나는 연정
들꽃 닮은 삶이여

굴곡진 세상살이
내리막 오르막길
굽이진 꼬부랑길
휘돌아 가는 세월
오오라 들꽃의 외침
인내하며 살라네

백작약

하얀 꽃 방실방실
선하게 웃는 모습
한 송이 들췄더니
은은한 향기 솟네
기쁨의 백작약 선물
이름값을 하리라

마당가 자리 잡아
제집을 지어주니
주인을 알아보는
탐스런 꽃송이들
화사한 아름다움에
넋을 잃고 보누나

내 마음 달래주고
위로의 토닥임에
향기로 번져오는
꽃들의 진한사랑
백작약 사랑 준 만큼
보답으로 오리라

들녘은

밤사이 비 한줄기 다녀가니
들녘은 초록 물결 넘실넘실
농작물들 한 뼘씩 키가 쑥쑥
덩달아 키가 자란 듯 기쁘다

자식처럼 키우고 가꾸는 심정
함께하면 근심 걱정 시름들
다 털어내고 행복하다는 걸
저들은 내 맘을 아는가 보다

솔바람에도 까르르 웃고
작은 마디들 곧추세우고
팔랑팔랑 춤추는 모습들
초록 바다 되어 싱그럽다

여름과 비지땀 흘리다 보면
또 몰라보게 성장할 테지
멋지게 청년으로 자라날 저들
사뭇 내일이 기다려진다

아마도 이런 맘 때문에
힘듦도 외로움도 참아내며
굽은 허리 되어가면서도
이곳을 벗어날 수가 없으리라

붓꽃

하늘을 향해 오물오물
피어오르는 보라의 붓꽃
들녘 언덕의 매력덩어리

밤새 차가운 이슬을 맞고
아침에 꽃잎 활짝 열고
반깁게 맞아준나

농작물 자라고 있음을
날마다 눈도장 찍으며
사랑으로 살갑게 가고 오니

그게 부러웠으랴
살며시 꽃으로 찾아와
방실방실 안겨 온다

그리움을 풀어 놓는 날
향기의 뾰족한 붓끝으로
훗날을 기약해 보리라

강이고 싶다

비워내는 연습을 하다 보면
물처럼 흘러갈까
마음 부대끼지 않는
넓은 강이고 싶다

바닥까지 비우다 보면
속살 하얗게 보여지려나
한 백 년 살 것도 아닌데
마음엔 회오리바람이 분다

잔잔하게 흘러가는 강물
그 안에도 수많은 사연과
변덕스러운 마음을 품고
인내하고 감추고 있으려나

안주하고 쉴 수 있는 둥지
늘 노력을 다해도 그 자리
이젠 무조건 직진 사랑으로
넉넉한 품이고 싶다

옹졸하고 작아진 마음자리
내 탓이라고 토닥이며
몸도 마음도 건강해지려
활짝 웃는 하늘을 쳐다본다

찔레꽃 사랑

할머니 살아생전
찔레순 꺾어와서
멍석에 둘러앉아
가족들 함께 했지
정답던 그 시절 추억
촉촉해진 두 눈가

호젓한 뚝방길은
찔레꽃 향기 가득
콧속이 벌렁벌렁
찔레꽃 눈뜬 사랑
불현듯 외할머니가
생각나고 그립네

또다시 그 시절로
돌아가 살고파라
앞마당 뒷마당은
달리기 숨바꼭질
체력은 그때부턴가
쉴 새 없이 달렸지

나들이

오빠네 초대 속에 바다로 나들이야
형제들 어울림은 즐겁고 행복하지
하룻길 회포 풀어내 설렘 뿜뿜 기쁘다

옥수수 정식하고 떠나는 바다 여행
소주와 회 한 접시 오가는 술잔 속에
사랑과 인정이 넘쳐 도란도란 정답네

산과 들 초록 물결 바다도 초록 물결
여름은 시작되어 후더운 더운 날씨
바다는 비릿한 내음 바람 안고 도누나

어느 결 수다쟁이 변신한 친정엄마
손에는 한잔 커피 일탈로 하하호호
가족들 친목 다짐에 소녀 되신 울 엄마

은행알

정성과 사랑을 가득 담아서
전해준 지인의 동그란 은행알
튀겨서 맥주 안주로 딱이죠

밥에도 넣고 백숙에도 넣고
이리 다양하게 쓰임되어
기쁨이 배로 다가옵니다

이웃사촌의 정 나눔으로
배려와 챙김의 사랑으로
마음이 통통 살 오르네

오가며 살갑게 지낼 수 있어
인연에 무한한 감사이며
마음 바탕은 무지갯빛이죠

살아가면서 어떤 빛깔로
자신을 꾸미고 물들여갈지
미래가 사뭇 기다려집니다

그대와 반짝이는 인생길
동행과 축복의 믿음으로
손잡고 친구 되어 반깁니다

계곡물

골이 깊으면 계곡도 깊고
고이 품고 사는 사연들은
저 맑은 물빛에 녹고 녹는다

굽이굽이 휘돌고 돌아
쉼 없이 흘러내리는 계곡물
오랜 역사를 품고 지냈을 터

수많은 사람들의 생명수
햇살도 구름도 친구 되어
풍요로운 계곡을 만들어간다

동물도 식물도 키워주는
품 넓은 산자락 깊은 계곡
녹음진 곳 산새들 둥지 틀고

어울려 살아가는 자연의 품
규칙도 제도의 법 없어도
사계절 아름답게 어울림이다

낮달

하늘 바다를 홀로
항해 중인 낮달
외로워 어이할꼬

별님 친구도 없고
낮달은 일편단심
먼 곳 해님 바라기

파아란 하늘길 따라
무심히 홀로 둥둥
서쪽으로 기우네

쉬어갔으면 좋으련만
따스한 보금자리
기다리고 있으려나

그리움의 비(1)

새벽부터 하늘의 눈물 주르륵
어찌 내 마음을 알았을까
토닥토닥 위로해 주듯이
묵은 체증이 쑤욱 내려간다

산다는 게 늘 숙제인가 보다
좋은 날도 있고 힘든 날도 있고
앞이 보이지 않는 짙은 안갯길
마음이 많이 슬프고 아프다

지금의 이 현실 보내고 나면
햇볕 쨍쨍 좋은 날 오려나
아픔은 더 이상 오지 않기를
내가 견딜 수 있을 양 만큼만

괜찮다 견디고 일어나 보자
너는 오뚝이 인생 힘내렴
가슴엔 그리움의 비가 내리고
두 눈엔 아픔의 눈물이 내린다

붉은 아카시아

눈부시도록 아름다운
붉은 아카시아꽃
주렁주렁 매달려
바람에 그네를 탄다

햇살에 곱게 물이 들어
꽉 차서 영근 모습
방실방실 꽃피운 너
볼수록 어여쁘다

오월의 끝자락 소풍 온
그대들의 활기찬 모습
마음 가득 고운 모습들
저장해두었지

하룻길 짧은 나들이
꽃 데이트에 신바람 나고
향긋한 향기에 취해
심신 맑음으로 채운다

제2부

아버지의 꽃

곤드레 수확

숲속의 응달진 곳
연하게 곱게 자란
곤드레나물 채취
첫 수확 즐거워라
연두의 곤드레나물
먹거리가 좋아라

햇살이 포근하게
농장에 스며들어
초록빛 팔랑팔랑
풍년이 들었어라
친정집 함박꽃 웃음
올케언니 만만세

볶아서 반찬으로
생선찜 조림하고
곤드레 밥도 짓고
갖가지 요리응용
입안에 군침이 돌아
벌써부터 땡기네

마음 지우개

상처받는 사람의 깊은 마음
통째로 지울 수 있다면
생각까지도 지울 수 있는 지우개를 갖고 싶다

내 마음 환해질 수만 있다면 얼마나 좋을까
살아내면서 우여곡절 굽이굽이 비탈길을 오른다

때로는 죽을 만큼 힘들어 애써 울분을 삭이며
마음 가라앉기만을 기다림은 수없이 반복 중이다

마음이 넓은 줄만 알았다
마음이 좁은 줄 꿈에도 몰랐다
속 좁은 여자가 분명한 걸 애당초 몰랐다

겉으론 상냥하게 웃고
속으론 손톱의 각을 세우고
호시탐탐 기회를 엿보는 삶
내가 가야 할 기구한 삶이 아프다
이제는 용서와 화해가 필요할 때

아침의 시작

배시시 눈뜨면서
발걸음 날개 달고
힘차게 텃밭 향해
한달음 달려 보네
해님의 둥근 얼굴은
화사하고 포근해

오늘은 어떤 일로
하루를 꽉 채울까
아침의 시작으로
마음은 반짝반짝
나 홀로 집안 살림들
아우르며 산다네

평안한 마음자리
꼬이지 안기만을
해님의 마중 길에
무언의 약속이다
하룻길 인내로 참아
둥글둥글 살라네

아침 풍경

산 위에서 얼굴 내민 해님
논바닥 잠긴 물에
말갛게 세수한다

하룻길 시작 아침을 열고
새소리 바람 소리 귀게 익어
콧노래 부르며 걸으며

비 온 뒤 찬란하게 빛나는
아침의 풍경 멋스러움에
동녘 해오름에 설렌다

하늘과 땅이 맞닿아
정답게 인사를 하는 듯
들녘은 마냥 평화롭고

오늘 내가 가야 하는 이길
혼자 자유를 맘껏 누리며
푸르름의 싱그러움에 안겨본다

변덕스러운 비

사춘기 소녀 같은 비
온종일 오락가락 일손만 놓치고
비 멍을 때리고 있다

송홧가루로 노란 장독
반짝반짝 닦아내고 마당 쓸고 풀을 뽑고
주변 정리 정돈이다

창문도 창틀도 청소
빙 둘러 대청소하니 복닥거리는 너저분한 마음
조금은 가라앉는다

변덕스러운 비
웃다가 울다가 금세 토라져 눈물 흘리고
요즘 나의 모습과도 닮았다

나쁜 생각들 비워내고
고운 맘 한가득 담으려 억지춘향 애쓰고 있음을
저 하늘은 아는가 보다

열매

꽃진 자리 성장통 겪으며
뜨락엔 온갖 열매들로
속닥이는 모습들이라서
기쁨 또한 남다르다

거름 주고 풀 뽑아주고
내 손길 사랑 나눔에
보답으로 온 장한 아이들
씩씩하고 튼튼할 것이므로

파아란 동글동글 열매들
저마다 각각 다른 모습으로
날 보고 배시시 웃으며
솜털 세우며 반긴다

이 여름이 지나고 나면
너욱 성숙한 모습으로
부끄러움에 홍당무처럼
얼굴 붉히는 처녀가 되겠지

임의 향기로

설렘으로 꽉꽉 채워주는 삶
인생길 위에 향기로 번져와
임의 사랑 안에 살아갑니다

여자들의 길고 긴 숙명으로
고부가 되어 살았던 시절이
왜 이리도 그리울까요

찐득한 사랑이었을까요
자식들 대를 이어가면서
나누는 애증일까요

찌든 때 얼룩으로 삼키던 시절
예쁘게 며느리로 맞아주시고
다독여 주셨던 진한 사랑 손길

눈 감아도 떠오르는 어머니
보고싶고 그리운 날들
어찌 잊을 수 있을까요

애비랑 잘 살겠다구
다짐했기에 아픔도 힘듦도
꾹꾹 삼키며 이 길을 걷습니다

청보리

까칠한 청보리 싹
바람에 일렁일렁
파도에 물결일 듯
멋짐을 연출하네
뜨거운 여름 오기 전
소먹이로 바뀔 터

어른 키 훌쩍 넘는
키다리 청보리가
긴 수염 자랑하며
푸르름 펼치었네
스르륵 부대끼면서
쓰러질 듯 버티네

농부의 갈무리로
베어질 청보리들
들녘은 들깨 농사
이모작 돌려짓기
농부는 지혜를 모아
일거양득 꿈꾸지

애기똥풀

뚝방길 애기똥풀
함초롬 피어나서
바람에 팔랑팔랑
나비가 되었어라
오가는 발자국 소리
신이 나서 춤추네

뚝방은 운동코스
한 바퀴 돌고 나면
이마엔 땀이 송송
풀꽃들 반겨주니
기분이 마냥 좋아서
붕붕 날 듯 걸었지

진노랑 꽃송이들
군락을 이루고서
한 아름 피고 지고
씨앗을 품었어라
나음 생 기약하면서
백년대계 이으리

이팝나무

알알이 팝콘 터져
조르르 맺혀있는
이팝꽃 아름다워
꽃향기 임의 향기
꽃 잔치 대궐 안에서
쌀밥 냄새 풍기네

꽃 잔치 임의 사랑
채우고 담아내고
가로수 번지는 꿈
햅쌀밥 소복소복
고봉밥 가득히 담아
손님 밥상 차렸네

흥겨운 가락 맞춰
들썩인 어깨춤에
온 동네 기쁨으로
잔치가 열렸어라
오월의 보릿고개를
이팝꽃이 살렸네

아카시아

바람에 한들한들 하얀 꽃 아카시아
들녘을 가로질러 실려 온 향기로움
마당가 서성이는 임 그대 사랑 꽃사랑

꽃 피고 새가 우는 살찌운 초록 물결
푸르름 반짝이고 흐르는 세월 따라
자연을 닮아 가는 듯 향기로운 인생길

오늘도 샤방샤방 꽃향기 그윽함에
취한 듯 흥얼흥얼 들길을 걸어 보네
일터를 내려놓고서 풍요로운 이 마음

가는 맘 오는 맘은 꽃향기 전해오고
속삭임 두런두런 사랑꽃 펼쳐 보네
꿀벌들 합창대회가 요란스레 울리네

성장통

꾸물꾸물한 회색빛 하늘
햇살은 소풍 떠나고
날씨는 춥고 으스스하다

희망을 심어놓은 들녘
초록으로 변해야 할진대
아직도 여린 연두다

가지 따주고 비료 주어야 할 텐데
아직 아가인 너희들 어쩌니
성장통을 심하게 앓고 있구나

햇살이 따스하게 머물고
간간이 바람 일어 살랑이면
쑥쑥 자라 건강할 텐데

연약하고 노오란 너희들
영양실조이니 걱정이야
툭툭 털고 씩씩하게 자라렴

날마다 마주하는 너희들
내 관심과 사랑으로
무럭무럭 자라 행복하자꾸나

바람 부는 날

어둠이 채 가시기도 전에
바람이 온 들녘을 삼킬 듯이
정신 줄을 쏙 빼놓고 마구마구 흔들고있다

저온에 농작물들 성장 멈추고
파리한 얼굴이라서
마음 불안하고 아픈데 웬 심술의 고난일까

오월의 짙은 푸르름 반짝이는 이파리들이
바람에 억지춘향 춤을 추고
공중 부양에 몸살을 앓는다

윙윙대는 성난 바람의 울음 언제나 멈추려는지
스치는 빗방울들 자유를 잃은 듯
사선으로 휙휙 날아가고

안쓰러운 주인의 눈길은 땅에 떨어지는
아기들의 방울에 마음이 아려
과일나무만 응시한다

노력 다헤도 농사가 쉽지 않아
발만 동동 구르는 내 모습
허기진 마음 그 누구한테 원망 풀어놓을 수 있을까

제천 의림지

황금연휴 끝나고 제천 의림지로 발걸음
긴 시간 홀로 밭일 끝내고
자신한테 쓰담쓰담의 휴가

생종 경쟁의 언어 마술사
여기저기 트럭 영업으로 북적거리는 사람들
그 속으로 파고드는 짜릿함

잔잔한 호수
길게 누운 소나무
뿜어대는 분수대 사이로 폭포는 장관이다

뻥튀기 오물거리며
둘레길 한 바퀴 지박지박
솔바람의 청량함에 속이 뻥 시원하다

고생한 내 몸을 위하여
다음 목표를 위하여
이렇듯 마지막 연휴를 보람되게 보내본다

남편의 빈자리

긴 연휴 회사 충성
얼마나 힘이 들까
성실한 그 사람은
꾀부림 전혀 없다
퇴근도 반납한 채로
주인이시 멋지다

회사도 내 집처럼
꽃 심고 환경개선
젊은이 못지않게
두 몫을 하는 사람
모두가 좋아해 주니
내 마음도 뿌듯해

단호박 오이심기
나 홀로 밭일하며
쉼 없이 노력해도
할 일은 태산같다
남편의 빈자리가 커
긴 한숨만 나오네

싱그러운 뜨락

부지런히 움직이는
손끝의 내 사랑 하나로
둘레가 싱그럽고 상큼하지요

꽃이 피는가 했더니만
나비와 꿀벌들 떼로 몰려와
사랑 나누는 장소 되어 주었죠

어느 결에 주위는 푸르름으로
뜨락을 화사하게 가득 채워져
가지마다 열매가 주렁주렁

사는 맛 즐거움이 가득하니
심신을 맑게 정화해 주고
한결 마음 가볍게 살아갑니다

내일의 희망 담아서
쓸어안은 마음자리엔
행복꽃이 하나둘 피어납니다

아버지의 꽃

고향집 양지쪽엔
철쭉꽃 지천이죠
앞산의 뻐꾸기가
긴 울음 토해내고
아버지 뵈러 가는 길
고향 산천 반기죠

어버이날이라고
떠들썩 요란한데
저 혼자 언덕길을
살며시 다시 찾죠
허전한 마음 달래려
어리광을 부려요

아버지 그리움에
눈물샘 터져버린
불효의 딸자식은
뼛값을 하지 못해
용서를 빌고 빌어요
죄 안 짓고 살게요

마음자리

해 질 녘 드리워진 노을길 따라
자박자박 뚝방길 걸어봅니다
어제의 그 길이 오늘은 왠지
서걱이는 바람 소리가 유난히 짙게 스며듭니다

인생길에서 만난 들꽃처럼
찾아주는 이 없이도 늘 그 자리에
소박하게 꽃을 피우고 씨앗을 품고
한 자락 나직이 방글방글 살아갑니다

마음의 자리 빛나진 않지만
작은 꿈 소박하게 채워가면서
조곤조곤 삶의 이야기 나누며
향기 스며들도록 정갈히게 정리히면서
늘 부지런을 떨지요

매일 찾아주는 햇살의 숨결에
마음은 따스하게 번지는 미소 속에 어느 결에
발걸음은 날쌘돌이가 되어
삶의 터전으로 쌩쌩 달립니다

마음 지우개

단비 내리고

새벽을 달렸어라 이마에 불빛 반짝
하늘엔 별이 반짝 두 사람 일한 보람
파아란 옥수수 정식 심고 나니 뿌듯해

다 심고 출근하고 감사와 고마움에
발걸음 신이 나서 어둠을 헤치고서
텃밭의 온갖 모종들 옮겨심기 끝냈네

깨끗이 끝마무리 기쁨을 만났어라
하늘이 선물 주신 단비로 축제였네
들녘의 파란 모종들 아픔 없이 자라렴

한해의 먹거리들 식탁에 푸짐하게
날마다 오를 테야 옹알이 속삭임들
귓가에 들려오는 듯 활짝 피는 웃음꽃

등나무꽃

보라의 꽃송이가
바람에 한들한들

그네를 타고 있네
향기가 온 동네를

휘감아 넘쳐흐르니
꿀벌들의 잔치상

마당가 등나무꽃
화려한 꽃 피움에

찻집은 시끌시끌
손님들 신이 났네

하룻길 나들이 기쁨
번져오는 사랑꽃

제3부

풍경 소리

잔디꽃

붉은 꽃
어여쁘게
한마당 모여
잔디꽃 펼쳤네

꽃잎들
하늘하늘
춤을 추듯이
방문객 반기네

얼마나
공을 들인
작품이란걸
한눈에 보이네

세상사
가고 옴은
자연의 이치
볼수록 고와라

고구마를 심고

고구마 파란 싹 사이사이
작은 실뿌리 내려 튼실하다
밭고랑에 간격 맞추어
가지런히 줄지어 심고

허리 한 번 펴보니 뿌듯하다
땀 흘려 일하지 않고
가을날의 기쁨을 어찌 알까
희망을 심었으니 꿈 열리겠지

두 사람 마주하며 사는 삶
알콩달콩 가꾸어 가는 인생길
뜨락에 고운 햇살이 내리니
이 또한 기쁨이고 감사함이다

대단히 큰 걸 바라지 않고
소소함으로 얻어지는 날들
보람이 더 값지기에
오늘도 옹골차게 직진이다

블루베리꽃

앙증맞은 작은 꽃 은방울
약속이라도 한 듯 찾아와
두런두런 속살 비추고

새콤달콤 진한 향기의
맛있는 열매 기다리는
농부의 아린 맘을 줍는다

애써 태연한 척 물끄러미
바라보는 넉넉한 미소
꽃 솎아 주면서 미안하다

후덕한 마음씨가 아닌
다음을 기다리는 손길
불루베리 꽃은 내맘 알까

손때를 놓치면 곧 후히되어
이내 냉정하게 툭툭 따낸다
알찬 열매 기다리는 마음으로

복사꽃

복사꽃 활짝 피면
내 임은 오시려나
앞산의 뻐꾹새는
애달피 울어대고
한나절 봄 햇살 퍼져
향기 넘쳐 흐르네

윗동네 아랫동네
복사꽃 피었다네
코끝에 스치는 향
임의 꽃 사랑가에
트롯을 불러보면서
추억 속을 달리네

그리워 그리워서
불러본 고향의 봄
아득한 그 시절은
손금을 보는 듯 해
잡힐 듯 보이지 않아
애간장만 녹이네

사월의 동산

천둥벌거숭이 사월의 봄
자드락길의 언덕을 지나
굽이굽이 숲으로 스며들면
그리운 임 만날 수가 있습니다

얼마나 보고 싶으면 눈자위
움푹 꺼지는 아릿한 그리움
목젖이 아프도록 삼키는 울음
그리움 안고 산소 가는 길

그 길에서 만난 철쭉꽃
손잡아 주는 당신처럼
철쭉꽃에 묻은 찐득찐득한
사랑이 배어 또 목이 메입니다

붉게 꽃물 든 그 길을
시집 책 사랑하려고 숨 고르며
상상의 나래를 활짝 펴고
아버지 품 찾아갑니다

연둣빛 사랑

산과 들 푸른 물결
저마다 뿌리내려
바람에 일렁이고
눈부신 햇살 담아
들녘은 연둣빛 사랑
키가 쑥쑥 자란다

언제나 한결같은
자연의 섭리 따라
계절에 오고 감에
빛가람 화려하네
새소리 바람 소리에
젖어드는 그리움

정식한 농작물들
하루가 다른 빛깔
싱싱한 푸르름에
한시름 놓았어라
날마다 눈빛 사랑에
즐거움만 커가네

옥수수 파종

옥수수 씨앗 파종
모판에 씨앗 한 알
손으로 쿡쿡 눌러
씨앗 방 토닥토닥
흙 덮고 물 뿌려주니
희망 꿈을 꾸겠지

첫 농사 시작으로
마음은 기쁨이고
한나절 공들여서
마무리 깔끔하게
개울물 끌어올려서
살랑살랑 뿌렸지

날마다 사랑으로
발 도장 눈 맞춤에
손길로 다가서면
고운 싹 파릇파릇
세상 밖 소풍오겠지
기쁨으로 오너라

금낭화

바람에 한들한들
눈길이 머무르는
마당가 꽃소식에
가슴은 콩닥콩닥
사랑의 정다운 뜨락
출렁이는 꽃물결

올해도 어김없이
찾아준 금낭화꽃
조로롱 연등 걸고
뜨락을 불 밝혔네
사랑의 하트모양에
웃음꽃이 피었네

축복의 복주머니
한가득 사랑담아
향기로 안겨오니
벅찬의 감동이야
사랑 임 반겨주실까
둥실둥실 사랑아

청보리(2)

청보리 초록 물결
빛고운 햇살 받아
쑥쑥이 키가 크고
사그랑 노래하네
멀리서 바라보는 맘
흐뭇하기 짝없네

산 아래 청보리밭
푸름을 가득 싣고
들녘을 채워주는
싱그런 모습이야
소먹이 한해 식량들
풍년들어 좋구나

이삭들 뾰족뾰족
씨앗을 가득 품고
자라는 저들 모습
어울림 아름답네
자연은 모두를 품고
살찌우고 있구나

풍경 소리

은은한 풍경 울림
땡그렁 흔들흔들
고요한 처마 끝에
춤추고 노래한다
돋보인 남편의 작품
못 말리는 내 사랑

있는 듯 없는 듯이
언제나 그 자리에
뜨겁게 응원 주는
남편이 으뜸이야
시집 책 이웃에 선물
누가 누가 말릴까

시집 책 앞장서서
홍보와 나눔으로
부듬고 아껴주는
판붙춤 아내 사랑
든든한 후원자 역할
일등 공신 내 남자

못자리

농사일 도움 주신
앞집의 지도자님
못자리 도우미로
참석해 기쁨이다
어울려 품앗이하는
농촌 인심 최고야

한해의 농사 시작
기계와 사람 노동
웃으며 왁자지껄
들녘이 아름다워
맛있는 새참과 점심
배불뚝이 되었네

시작이 반이라고
씨앗이 자라나면
모내기 파릇파릇
설렘과 사랑 속에
온 들녘 초록의 숨결
초록 바다 되겠지

하우스 그림

하우스 소복이 찰눈이 쌓여
무너질까 두려워
난로로 눈 녹이기 돌입

툭툭 흘러내리고
지붕엔 일룩 그림이 생겨
새로움을 주가한다

햇살도 숨어버린
회색빛 하늘 언저리엔
아기 주먹 눈송이가 펄펄

쉼 없이 내리는 눈
어제도 오늘도 이어지니
이젠 걱정만 스럽다

명절 오가는 귀성객들
부사히 안전 운행 바라면서
하우스 그림에 웃어본다

조팝꽃

향긋한 내음 나풀거리는
봄의 고운 뜨락은
향기로 넘친다

파란 하늘가 따스한 햇살에
눈이 부신 꽃송이
송알송알 정겹다

조팝꽃 봄바람에 살랑이며 춤추고
꿀벌들 날아들어
하늘하늘 어여쁘다

연두의 이파리 빛나는 꽃 무더기
진하게 꽃물들인
사랑이 좋아라

수런수런 뜨락 향기에 취해
나른한 춘곤증에
꽃 멀미가 났어라

고운 인연

친구란 이름으로
우정과 사랑으로

각처에 둥지 틀고
열심히 살아가는

소중한 갑장 친구들
고운 인연 엄지척

날마다 주고받는
안부와 카톡 인사

친구들 어울림에
하루가 짧았어라

노년의 아름다운 삶
행복하게 즐겁게

꽃진 자리

후드득 봄비처럼
내리는 꽃잎 편지

하얗게 펼쳐놓은
꽃무덤 애잔하다

이별의 벚꽃 사랑아
부디부디 잘가라

언젠가 돌고 돌아
또다시 봄 뜨락에

반갑게 맞이하고
마음껏 사랑하리

사랑아 벚꽃 사랑아
꽃진 자리 서러워

벚꽃길

화사한
벚꽃 송이
꽃잎이 와글와글
가로수
벚꽃길에
모여든 상춘객들
꽃축제
맘껏 즐기며
벚꽃길을 걷는다

풍성한
꽃송이가
사르르 웃어주어
기쁨이
배로 충전
가슴이 벅차구나
오늘은
행복을 담아
맘껏 달려 보누나

봄 손님

뜨락에 앙상하던
가지에 꽃을 피워
나비 벌 마실 오니
봄 손님 찾아왔네
충분한 사랑 받으니
알찬 열매 맺으리

꽃향기 그윽함에
발길은 뜨락으로
봄바람 살랑이는
이 봄이 참 좋구나
화창한 봄날의 축제
기쁨으로 달리자

봄꽃 소풍

줄지어 하나하나
뜨락을 찾아오니
산새들 벌 나비들
어울려 모여 드네
저들의 봄꽃들 소풍
풍덩풍덩 즐거움

파아란 하늘빛과
몽실한 하얀 구름
어울려 살아가는
자연이 어여뻐라
봄날에 늘어지는 맘
꽃나무에 쉼 얻네

향기는 너울너울
바람결 타고 훨훨
온 동네 휘감으니
정겨움 넘쳐 나네
지금이 봄날이구나
맘껏 즐겨 보세나

꿈을 싣고

찾아온 봄을 싣고
밭이랑 오가면서
희망과 꿈을 심고
씨앗과 다짐한다
들녘을 채워주겠지
기다린다 푸른 빛

뒤돌아 살펴보니
뿌듯한 마음일세
허리와 무릎관절
아픔도 금세 잊네
쉼 없이 달려온 인생
부끄럼이 없구나

옥수수 감자 심고
농부 맘 헤아리며
거름과 생명 연장
정성을 다했으니
뜨거운 여름 견디어
옹골차게 만나자

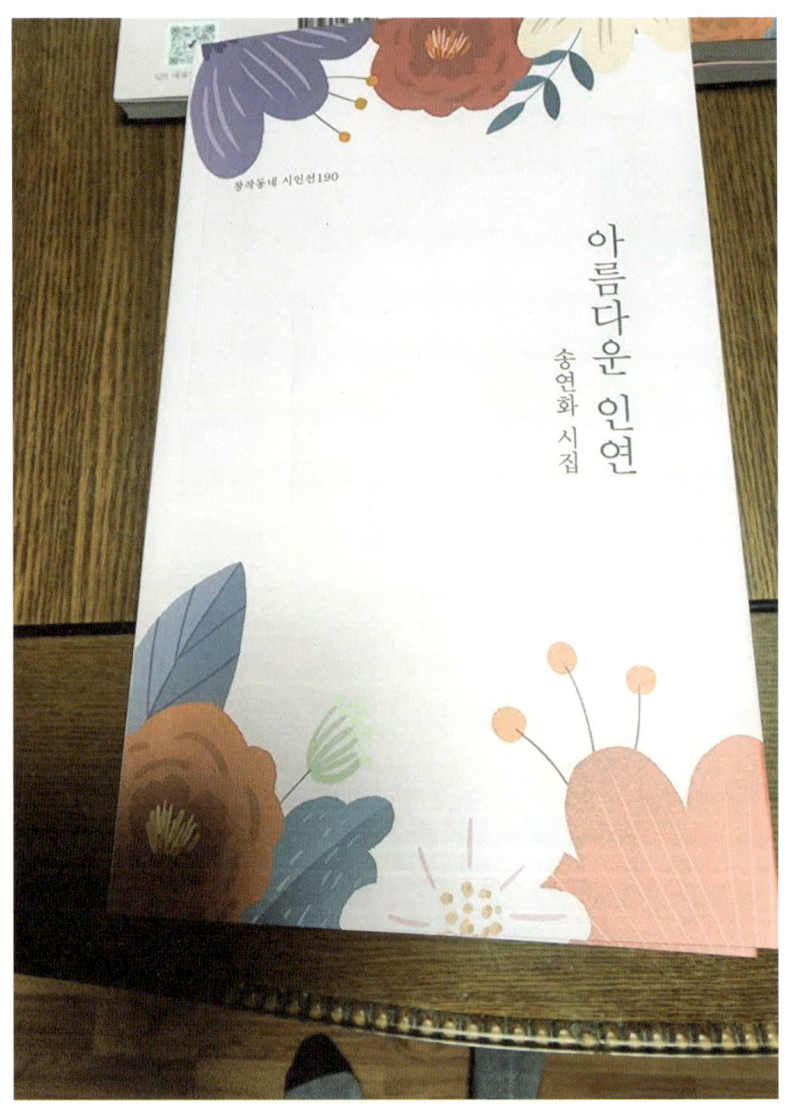

아름다운 인연

마당 뜨락의 상사화
내 사랑 바라보며
무한한 감사를 갖게 한다

이쁜 봄 제일 먼저 뾰족
고개를 내밀고 한 아름씩
잎을 무성하게 키우고

뜨거움 무릅쓰고 꿋꿋하게
연분홍 사랑꽃 활짝 피우며
지킨 자리 상사화의 사랑

화초도 저리 아름다운 사랑을
혼신의 힘으로 다하는데
진정 우리는 어떠했을까

길게 목 빼어 기다리는 상사화
그리움 사무친 사랑 아닌 게
얼마나 다행인가 말이다

귀한 사랑 마주하고
아낌없이 사랑 주고받으니
아름다운 인연에 감사하리

제4부

사랑의 싹

엄마의 봄날

봄바람 스치고 지나가더니
마른 나뭇가지엔 꽃망울
대롱대롱 봄 소풍 길
사랑이들 여지없이 왔구나

작은 알사탕 알알이 맺혀
고운 입 벙글어지는
뜨락의 마법 풀리는 그날
손꼽아 기다려 본다

꽃잎을 보여 주려나
나비 같은 꽃잎들 마주하며
속삭임의 탄생을
반갑게 맞이하련다

고운 생명 마당 뜨락을
꽃등 달아 놓고서
낮에는 해님이
밤에는 별님 놀러 오리니

목련꽃

꽃사랑 진한 향기
드레스 입었어라
눈부신 고운 자태
볼수록 아름답네
목련꽃 하얗게 피어
꽃물들인 사랑아

파아란 하늘빛에
거울을 보는 듯이
투영된 어여쁨에
봄이여 불러본다
짜릿한 꽃 미소 방긋
그윽함에 취하네

꽃사랑 데이트에
후미진 가슴 속을
향기로 가득 채워
사랑을 담았어라
기다린 상큼한 봄은
아름다운 동행길

내일의 꿈

봄비가 포실포실
들녘을 찾아오고
중년의 손 토닥여
사랑과 내일의 꿈
희망을 오롯이 담아
파릇파릇 심었네

이웃과 나눔으로
하우스 펼칠 꿈들
모두들 기쁨으로
내일은 찾게 되리
사랑은 언제나 동동
스며들고 있었네

작은 맘 헤아려서
위로와 감동으로
한 뼘씩 등 기대어
어울려 살아보자
좋은 날 돌아올 거야
기다리며 살 테야

또 봄비

하늘이 어둑하니
또 봄비 후득후득
뜨락의 매실 꽃이
와르르 피어났다
마당가 향기로움이
남실남실 넘치네

파릇한 새싹들이
생기가 돌고 돌아
봄비에 흠뻑 젖어
빗방울 떼굴떼굴
꽃향기 오래 머물면
이내 마음 좋을 터

꽃피고 새가 우는
고요한 시골집의
잡다한 살림살이
겨울을 몰아내고
대청소 물로 씻어내
말끔하게 치운다

벚꽃

벚꽃이 수런수런
속삭임 가득 펼쳐
우리들 곁을 찾고
반갑게 봄맞이야
꽃놀이 즐기는 마음
아리따운 동심아

긴 겨울 기다려온
봄 아씨 사뿐사뿐
온 들녘 꽃향기로
꽃 마중 임 마중에
고운 봄 화려한 등장
꽃잎처럼 열린 맘

하얀 꽃 몽올몽올
화사한 꽃잎 사랑
안앙이 눈이 부셔
덩달아 반짝반짝
하룻길 꽃향기 담아
즐겨본다 꽃놀이

김 서린 밭

한낮의 길목으로
햇살을 드리운 채
땅으로 살그머니
퇴비와 잘 다듬어진
들녘은 화려한 댄서
하얀 김을 피운다

한해의 농사 준비
거름과 영양 주고
밭갈이 폭신폭신
좋아라 김 서린 밭
또 다른 매력덩어리
풍년들까 올 농사

산수유

봄비가 다녀간 뒤
노랑별 나뭇가지
기다림 끝자락에
조로롱 걸렸어라
애달피 만난 산수유
그리운 임 오실까

파아란 하늘빛에
노랗게 물들이는
별꽃들 반짝임에
지나간 그 추억들
벗들과 어울려 즐긴
꽃 나들이 그립네

들녘에 오는 봄날
살포시 반겼더니
꽃 선물 안겨주고
잔잔한 감동이야
산수유 병아리 웃음
맘 홀리는 하룻길

밭농사 준비

겨우내 얼었다 녹았다 반복
지친 밭에다 밑거름 주고
트랙터로 깊이 밭갈이

봄비 적당히 오면
밭고랑 만들어 비닐 씌우고
노루망 치면 농사 반 시작

어울려 일할 순 없지만
알아서 척척 내일처럼
일해주신 지도자님

믿고 살아가는 이웃사촌
정 나누며 어울리는
이곳 참 따스하다

날마다 재미에 푹 빠져
희망의 끝 보이는 듯
농사 참 매력있지

정성을 들인 만큼 좋은 먹거리
싱싱함으로 오는 농사를
어찌 손 놓을 수가 있을까

수양버들

연둣빛
수양버들
싹눈이 파릇파릇

머리를 정갈하게
빗질한 아리따움

가지가 휘휘 늘어져
땅끝까지 닿겠네

바람에
한들한들
공중에 훨훨 날아

곡예를 하는 듯이
신나게 춤을 추네

가녀린 줄기 늘어져
푸른 하늘 수놓네

까치둥지

까치가 들락날락
둥지를 넘나들고
아늑한 저 공간에
새끼들 키우려나
세 가족 함께 어울려
외롭지가 않겠네

새들의 어울림이
보기도 좋았어라
따스한 이 봄날에
모두들 찾아드네
새들도 사람들 마냥
새끼 사랑 이음줄

비닐 씌우기

온종일 밭고랑에
엎드려 엉금엉금

시작이 반이라고
저녁이 되고서야

밭고랑 비닐 씌우기
완성하게 되었네

두 사람 나뉘어서
양 날개 마무리 일

호미로 묻어주고
마무리 깔끔하게

한해의 농사 시작에
햇살 축복이어라

봄비 내리고

봄비가
살폿 내려
얼음도 풀어지고

답답함 사라지고
기다린 보람이야

들녘엔 봄비 내리고
새싹들은 봄 소풍

냉이와
달래 캐서
저녁상 한상차림

보리밥 달래장에
임산부 되었어라

두 사람 소소한 밥상
사는 맛이 최고여

희망의 바다

돌고 돌아가는 인생길
자연과 닮음이라서
괜스레 아릿하고
가슴이 먹먹해져 온다

늘 바다는 희망을 담고
꿈을 꾸고 채울 수 있기에
설렘으로 들뜨고
화르르 감성이 타올랐지

석양빛 노을 따라 스며드는
해넘이 바라보니 힘들게
여기까지 노력하며 왔음을
삶의 희망을 두 어깨에 얹는다

얼마나 남았을지 모르지만
인생길 굽이굽이 사랑을
수 놓으며 저 노을처럼
짙고 아름답게 물들고싶다

나의 보물

시집 책 한 권 두 권
쌓여서 책장 보관
나만의 역사 되어
칸칸이 집을 짓고
소중한 나의 보물들
그리움을 삭이네

부상의 상패들도
덩달아 반짝반짝
선반에 차곡차곡
제자리 지켰어라
보는 맘 즐거움 가득
도전한다 시 한 수

일상의 하룻길에
바빠도 시를 쓰고
시간을 쪼개가며
사진을 담아두지
나만의 보물들 모아
꿈을 꾸는 문학관

희망을 심고

농부는 토닥토닥
고구마 싹을 틔워
상토 흙 자리 깔고
나란히 고구마 가족
잠자며 편히 쉬라고
이불 살포시 덮어준다

누워서 속닥거리는
싹 틔움 노래 들려올까
한해의 농사 준비
희망 꽃 심어놓고
날마다 들여다보며
부푼 꿈을 키워본다

고구마 순 자라면
어느 봄 싹둑 잘라
밭에다 옮겨심고
푸른 빛 하늘하늘
자라는 모습 지키며
농부 희망 심는다

취직

남편은 개선장군처럼
당당하게 아침 출근
하루를 시작 룰루랄라

고령에 주어진 일자리
기쁨으로 넘쳐있기에
그저 바라볼 수밖에

사회에 넘쳐나는 고령화에
잘한 일이라고 으쓱으쓱
축하의 자리에 건배

거울 앞에서 꼼꼼하게
로션 바르고 머리 빗고
연신 싱글벙글이다

작은 것에 나눔의 미소
행복은 찾는 자에게
소리 없이 와 주는가보다

빙벽

겨울의 꽁꽁 얼음
빙벽이 산이 되어
여인네 주름치마
볼수록 신비하다
언덕의 하얀 얼음꽃
바라보는 즐거움

얼마를 기다려야
봄맞이 찾아줄까
포근히 감싸주고
뜨겁게 사랑해 줄
꿈꾼다 열정의 그날
안아보리 봄바람

찬 바람 견디리라
보고파 기다리는
얼음꽃 녹여줄 임
봄 아씨 오실 그날
언제나 다소곳하게
이 자리를 지키리

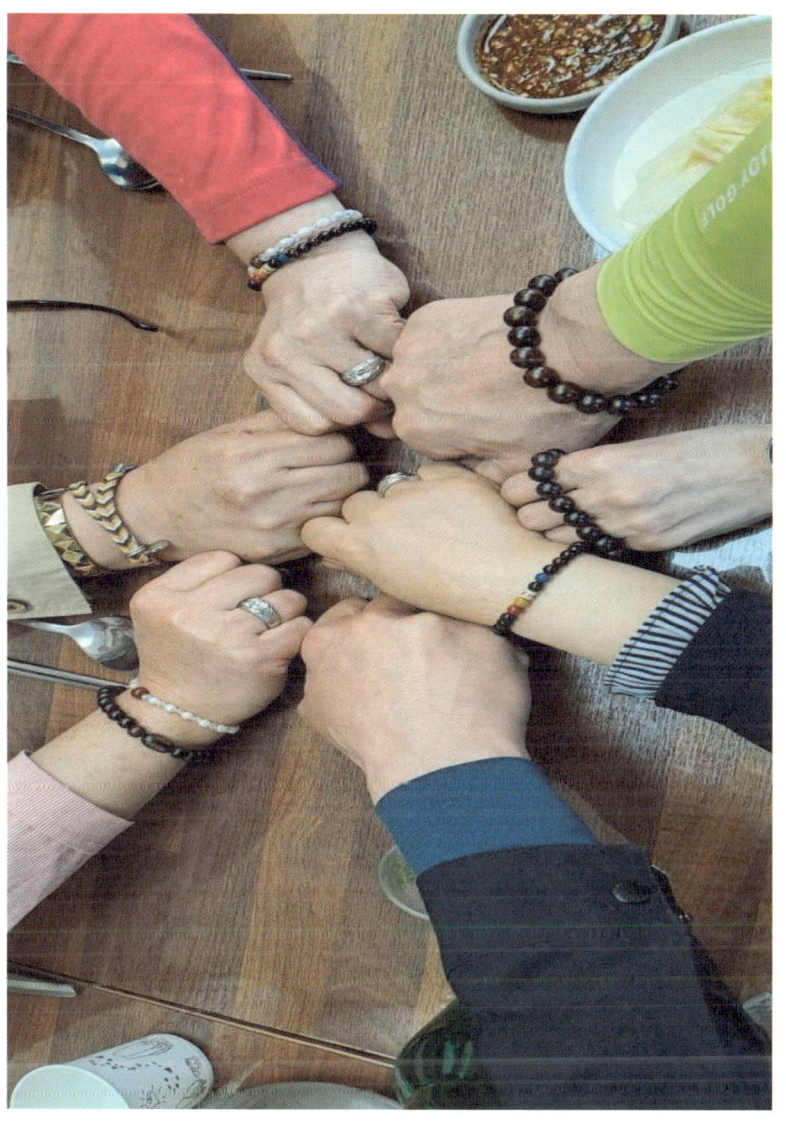

발 도장 손 도장

그리움이 알알이 영그는
인생길 고운 흔적들
세월이 아스라이 흘러도
우정과 사랑은 진한 향기로
따스하게 머물고 있었네

사진첩 옮기면서 문득
들어온 그대들의 깔깔 웃음들
머리에 스치고 맴돌아
허공 속의 먼 하늘 바라보며
깊은 연민을 달래보네

각자의 자리에서
다람쥐 쳇바퀴 돌듯
가족을 위하여 최선을 다하겠지
많이 그립고 보고싶네
꽃피는 사월의 봄날 보세나

아직은 열정으로 달릴 우리들
할 일이 있고 머물 곳이 있어
다행이지 않는가
소리 없이 다가오는 봄날
그대들과의 꿈을 이루리라

까마귀

후드득
까마귀들
날갯짓 날아올라

저들의 언어들로
까아 깍 야단법석

나라가 어수선하니
종친회의 하나 봐

들녘을
헤집고서
먹이를 찾았을까

기이한 모습들에
눈길이 자꾸 가네

괜스레 걱정스런 맘
잘될 거야 모두들

봄꿈 이야기

먼 산의 아지랑이 피어오르고
노오란 햇살은 산자락 품어 녹이느라
연실 봄바람 살랑살랑

층층이 물오른 나뭇가지에는
골짜기 새들의 둥지 틀기에
바쁘고 숨 고르는 노란 봄

봄은 이어달리기 선수가 되어
통통 튀어 오르는 사랑스러운 모습
마냥 정겹고 연인처럼 이쁘다

내게로 가까이 다가오는 봄
새봄에는 그대와 나 기쁨으로
들로 산으로 소풍을 떠나리

겨울의 묵은 때 허물을 벗고
봄날의 따스함의 온기로 채워
고운 사랑 씨앗을 심어보리라

제5부

뜨락에서

붉은 노을

해 질 녘 붉은 노을
마음을 헤집고서
외로움 가득 싣고
둥둥둥 떠나가네
하룻길 혼자 남겨진
홀로 시간 싫구나

빈 가슴 잡동사니
모두다 끄집어 내
말끔히 청소할까
새로움 가득 담아
멋지게 살아볼 테야
익숙하면 좋을터

두 사람 삶의 길 위
백 년도 못 갈 텐데
쉼 없이 아등바등
세월을 달려가네
먼 훗날 후회 남으면

멋진 바다여

하늘도 파란 빛깔
바다도 파란 빛깔
가슴에 가득 품은
정다운 바다 사랑
희망의 멋진 바다여
오늘따라 좋아라

우주는 하나 되어
닮은 듯 마주 보며
무한의 사랑으로
한없이 넓었어라
질서와 평화 속에서
거칠 것이 없구나

요동의 푸른 바다
부딪혀 밀려오는
흰 파도 넘실넘실
아픔들 모두 잊고
숨 쉬며 바라만 봐도
가슴 벅찬 감동아

감말랭이

부산의 올케선물
한아름 받아 들고

이웃의 사촌들과
나눔과 즐겨 본다

입안에 속삭이는 맛
말캉말캉 그리움

동기간 정 나눔이
커다란 화음 되어

콧노래 흥얼흥얼
고맙고 감사한 맘

이 겨울 따스함이야
쫀득쫀득 달콤함

보름달

보름달 보면서
내 사랑을 빌고 건강을 빌고
무언의 약속을 합니다

구름 위에 살포시 얹혀 진 보름달은
당신의 커다란 둥근 마음입니다

한가위의 소망 속에
두 손 모아 그대와의
내일을 꿈꾸는 기도 소리
내 사랑이 행복합니다

어디서든 볼 수 있는
저 달이 부러운 긴
멀리 있는 달님과의 소원을
공유했기 때문입니다

희미하게 떠오른
보름달 가득 차올라서
시가 되고 편지가 되어 내게 전해옵니다

달빛 연가

노오란 둥근 달님
환한 미소 바라보며
퇴근길을 함께한다

갓난아기의
옹알이 같은 목소리
진심이 전해질까

구름에 가려진 달님
보일 듯 말 듯
밤하늘을 수놓고

잔잔히 흐르는
달빛에 고운 사연 적어
그리운 임께 띄우고

내 사랑 볼 수 있으려나
작은 불씨 되어 타오름을
멀리서 지켜볼 수 있다면

마냥 보고 싶은데
내 마음은 끝없이 달려만 가는데

소리 없는 독백은
메아리 되어 이내 맘속에 여운 되어 흐르네

애련의 봄

삼월의 꽃샘추위
찬바람에 야윈 맵시
꽃망울 피우지 못해
애련의 눈물방울 맺힌다

포근함의 사랑
따스한 햇살이 넘칠 때면
화사한 분 내음이
온 누리에 풍기려나

임 오시는 날
애타게 기다리는데
저만치 달려가는 바람
고운 눈물 훔치네

애처로워 어쩌랴
사랑꽃 활짝 피운 후
잎새에 입맞춤하고픈데
봄은 참 얄밉다

일출

가슴에 품은 그리움아
알알이 영글어 가는 마음
가슴이 터질 듯 벅차다

바쁜 일손 끝내고
여행길에 오르는 기쁨
가슴은 늘 설레고 황홀하다

여행길에 만난 일출
바라볼수록 두근두근
붉게 타오르는 찬란한 빛

둥글게 차오르는 태양
바다는 그림처럼 화려하고
희망은 만삭의 꿈에젖는다

좋은 일 덤으로 찾아오고
활력이 넘치는 봄을
풍성하게 맞으련다

즐거운 나들이

살포시 발걸음을
친정엄마 모시고 속초로
목적지 정해놓고 달려본다

하늘빛도 맑고 빛나고
오랜만의 외출이라
마냥 설레고 들뜬다

설익은 들녘들 자연의 감동
푸르름으로 넘치는 바다
눈앞에 펼쳐지는 그림들

친구의 배려로 맛집도 방문
싱싱한 생선찜 코스요리로
가족들 즐거운 풀 코스 왕대접

가슴이 확 트이는 푸른 바다
넓은 쪽빛 바다 맘껏 품으며
바라보며 둘레길 걸었다

아주 모처럼 누리는 호사에
엄마와 함께라서 마냥 즐겁다
지금처럼만 오래오래 ~~

봄이 왔어요

뜰에 봄이 왔어요
파랗게 싹터 올라옴이
사뭇 싱그럽고

상큼한 바람이
야윈 뜰에 고운 봄을
살며시 모셔 왔기에

달래 부추도 쏘옥
냉이도 쏙쏙
뜰엔 새싹들의 집합

햇살이 간질이는
두런두런 봄의 속삭임
와르르 몰려들겠지

포실한 고운 흙
향긋함이 넘치는 둘레
뜨락은 언제나 정겹죠

그리움의 비(2)

봄비는 추적추적
온종일 내려주고
내 맘속엔 그리움의 비가
쉼 없이 내린다

친구들과의 만남
동창회 눈앞에 두고
여기저기서 웅성웅성
보고싶다고 아우성이다

그리움 대신 달래면서
농산물로 친구들의 맘
달래주고 녹여주면서
폰으로 목소리 듣는다

좋아라 수다 떠는 친구들
그대들 덕분에 힘이 나고
용기가 생겨 오늘도
거친 삶 살아가고 있음이야

우리 함께라는 말에
큰 위안이 되고 힘이 생겨
축복의 아름다운 나날이
내 안에서 이루어지고 있었네

사랑아

따스한 마음으로 가꾸어 갈 마음 터전
후회일랑 남기지 말고
사랑 가득 내 마음 채워
그대에게 다가가요
사랑아 변하지 말아요

향기로운 언어로 해맑은 미소로
뜨락에 퍼지는 햇살처럼
그래 그렇게 내 사랑
내 곁에 심어두고
벙그는 마음으로 살아요

꿀물처럼 달달하게 사랑의 충전으로
사랑아 고운 내 사랑아
내 안에 피어나는 꽃
언제나 향기로 머무르며
행복 충전 만땅 만땅요

그대와 나 둘이 돌고 돌아가는 인생길
늘 푸르게 살아 뵈요
그래 그렇게 내 사랑
내 곁에 심어두고
벙그는 마음으로 살아요

짧은 여행 긴 여운

시동생네랑 두 가족
함께하는 여행길
기쁨으로 동행해
이곳저곳 발도장

영남 알프스 둘레길
전설의 태화강변
방아진항 울산대교
색다른 곳 체험의 날

정답게 나누는 대화
맛있는 음식 나누면서
가족 간의 소중함을
되새겨 본 맘씨 고운 동서

이런 고운 인연 속에
살가운 정 나눔으로
어우러져 살아가는 삶
난 참 복 많은 여자

두 가족 함께했던 여행
짧있지만 긴 여운이
가슴속에 큰 울림으로
꽉 채워진 소중한 날

외출

준비 됐나요 준비 됐지요
소소한 일상
차 마시러 나들이

사는 게 별거 있으랴
두 사람 같은 눈높이 맞추어 가며
평범하게 사는 게지

이젠 서툴지도 않고
들뜨지도 않지만
하루 귀하게 여기며
시간 아껴 쓰며 지낸다

같은 공간에서 서로
배려하고 존중하면서
깨알 쏟아지는 사랑
무한 리필하면서

따스한 차 한 잔
앞에 두고 마주한
이 모습이 연인처럼
살갑고 포근하다

하얀 집

하늘꽃 나풀나풀
향기도 없으면서

맘까지 꽃피게 해
깜찍한 요술쟁이

어머나
어쩌면 좋아
동화같은 하얀집

이렇게 좋을 수가
온 세상 깨끗하게

환하게 반겨주어
저절로 웃음 활짝

오늘은
지상의 낙원
하늘꽃에 행복해

멋진 날의 선물

두 사람 농사지으면서
열심히 일한 결과물
우연히 찾아온 기회
남편 이름으로 상가 매입

쉴 틈없이 고생했던 몸
애쓴 만큼 보람도 있었지
꼬물이들 키우고
판매하고 나눔하면서

수고한 남편께
상가 선물하면서
양어깨에 힘을 실어
으쌰으쌰 응원을 보낸다

스스로 노력하는 자
성공할 수밖에
애쓴 만큼 일한 만큼
노력의 대가는 따라준다

월세로 용돈 걱정 뚝
차도 마시고 밥도 사고
멋진 날 친구들과 편하게
어울림에 정도 나누고

그 사람 신나게 웃고
주머니 두둑함으로 당당하고 멋지게
건강한 삶 응원해본다

마음의 온도

저 멀리 치악산 산자락
곱게 한눈에 들어오고
햇살 퍼져 포근한 오후

마음은 상승의 온도
너울너울 춤을 추며
한가로이 노닥노닥

글방의 시인님들
고운 글에 감사 점도 찍고
나만의 시간 마냥 좋아라

시인님들 고운 시에
때론 울컥 하기도 하고
시어에 가슴이 울렁울렁

촌음의 시간 누리는 기쁨
오후의 행복 온도
달콤함으로 달려본다

그립다

그리움의 싹이 톡톡
저 가슴 깊은 곳에서
용트림하며 치밀어 올라
멍이 든 하얀 그리움

언제쯤이면 이 응어리
눈 녹듯 풀어지려는지
하염없이 쌓이고 또 쌓여
산이 되어 가는데

작은 바람에도
일렁이는 보고픔
가슴이 터질 것만 같아
차라리 눈을 감는다

앞이 보이질 않는 현실
활기찬 삶을 꿈을 꾸듯
상상 속으로 달리는 지금
참 많이 서글프다

내일이 오면 일상으로
돌아갈 수 있으려나
그럼 그리움 품지 않으리
정답게 만날 수 있을 터이니

사랑

세모도 네모 아닌 동그란 우리 인연
열정과 사랑으로 달리는 당신과 나
사랑의 파수꾼 당신 사랑해요 사랑해

한걸음 또 한걸음 녹록지 않은 현실
사연의 인생 고개 언 가슴 녹여주는
인생길 돌고 돌아서 달음박질이었소

아름다운 동행

하늘빛 고운 이야기와
상쾌한 바람의 흔들림에
잠시 쉼을 얻어요

향기 나는 꽃 한 송이에도
감사와 찬사를 갖게 하는
이 계절이 주는 여유로움

꽃잎이 스쳤던 자리들
그리움이 호수처럼 고여
눈물 깊은 마음자리들

오늘은 부부의 날
모자람 서로 감싸주며
배려와 사랑과 존중으로

사랑이 무르익는 멋진 날
상큼한 꽃향기처럼 고운 날
깊고 넓은 그대와 나였으며

사랑할 수 있으므로
사랑받고 있으므로
아름다운 동행길이죠

뜨락에서

꿈이 익어가는 뜨락엔
봄의 요정들 발레리나처럼
살금살금 뒤꿈치 들고나와
소꿉놀이에 한창이다

금빛 햇살이 가득 내려앉은
소담스러운 뜨락에 갖가지
연둣빛 꼬물이들이 모여
화사한 웃음을 흘리고

뾰족뾰족 상사화 초롱꽃
부추 씀바귀 마당에서
여름날의 화려함을 뽐내듯
입을 삐죽이며 봄잔치 연다

가는 정 오는 정의 만남
교차로 뜨락에 모여서
한바탕 인사를 나누며
그립고 보고싶음을 전한다

소소한 이야기꽃 정담을
노래하며 춤추며 까르르
자지러지게 행복한 웃음을
마당 한가득 펼쳐놓는다

자연을 통한 삶의 치유와 성찰 그리고 나눔

– 송연화 서른 번째 시집 『마음 지우개』

최봉희(시조시인, 수필가, 계간 글벗 편집주간)

박두진 시인은 이렇게 말했다.

"나이가 드니 마음먹은 대로 시가 써지는 것 같다."

마치 송연화 시인을 말하는 듯하다. 30권의 시집 출간이라는 놀라운 열정, 어떻게 하면 이런 경지에 이를 수 있을까? 몹시 부럽고 놀랍기만 하다.

송연화 시인이 글벗문학회 회원으로 활동한 지 10년 만에 서른 번째 시집 『마음 지우개』를 발간한다. 이는 일년에 3권의 시집을 발간한 셈이다.

송연화 시인의 시는 평범한 일상의 소재를 그것도 일상어로 쉽게 풀어쓰는 특징을 지닌다. 여성 특유의 감성으로 삶의 무게를 부드럽게 녹여내는 그만의 탄탄한 표현력과 열정이 돋보인다.

그의 그가 쓴 씨는 대략 3,500편이 넘는 듯하다. 시인이 사물을 바라보는 자세는 늘 섬세하고 민감하다. 그 때문일까? 강원도 횡성과 원주에서 농사를 짓는 농부의 마음으로 자연 속에서 만난 모든 일상과 경험과 사소한 사물까지도

조심스럽게 접근하는 방식을 취한다.

 시는 인간의 혼을 정화하고, 치유하며 행복하게 만드는 참다운 길이다. 송연화 시인의 시를 만날 때마다 느끼는 감회다. 송 시인을 만나면 그는 이렇게 말한다. 즐겁게 신나게 시를 쓰고 있다고. 그리고 감사하며 살고 있다고.

 지난날의 기억들은 추억으로 소중하다. 그 기억을 평범한 일상어로 시의 행간 속에서 편안하게 녹여내고 있다. 낯설지 않고 친밀감으로 격조 있는 언어로 표현한다.

 어떻게 하면 시를 잘 쓸 수 있을까? 그는 언제나 스스로 묻고 있는 듯하다. 기쁘거나 우울할 때도 있고, 재미있는 일이 있어서 누군가와 나누고 싶을 때도 있을 것이다. 그리고 삶의 고통에 다다를 때 혹은 반갑고 즐거운 날을 만났을 때 그는 어김없이 글을 쓴다.

 이에 삼십 권의 시집을 출간하는 송연화 시인의 시 세계를 가까운 데서 살펴본 바, 그의 시와 시조는 "자연을 통한 삶의 치유와 성찰 그리고 나눔"이라고 말하고 싶다.

 그의 금번 시집에는 사랑(92), 꽃(124), 꿈(30), 희망(15), 행복(14), 자연(10회), 나눔(10회), 위로(6회) 등이 등장한다.

 연천의 종자와시인박물관 신광순 관장님의 말씀이 불현듯 떠오른다.

"말과 글은 그 사람 인격의 씨앗이다."

 그 말과 글이 다시 씨앗이 되어서 이웃에게 혹은 후손들에게 전해지기 마련이다. 바로 사랑 나눔, 정 나눔이 그렇고 글 나눔이 그렇다. 다시 말해 말과 글은 그 사람 인격의 씨앗인 셈이다.

> 내게로 가까이 다가오는 봄
> 새봄에는 그대와 나 기쁨으로
> 들로 산으로 소풍을 떠나리
>
> 겨울의 묵은 때 허물을 벗고
> 봄날의 따스함의 온기로 채워
> 고운 사랑 씨앗을 심어보리라
> – 시 「봄꿈 이야기」의 일부

 봄이면 들로, 산으로 소풍을 떠나겠다는 서정적 자아의 목소리는 고운 사랑의 씨앗을 심겠다는 의지를 천명한다. '사랑'은 예나 지금이나 시인들이 선호하는 주제다. 앞으로 끊임없이 사랑의 시는 계속해서 회자될 것이다. 그만큼 사랑은 우리가 소중하게 간직하고 지켜야 할 정신적인 유산이다.

> 인생길에서 만난 들꽃처럼
> 찾아주는 이 없어도 늘 그 자리에
> 소박하게 꽃을 피우고 씨앗을 품고
> 한 자락 나직이 방글방글 살아갑니다
>
> 마음의 자리 빛나진 않지만
> 작은 꿈 소박하게 채워가면서

조곤조곤 삶의 이야기 나누며
향기 스며들도록 정갈하게 정리하면서
늘 부지런을 떨지요
    - 시 「마음 자리」 중에서

　시인은 들꽃처럼 소박하게 꽃을 피우고 사랑의 씨앗을 품
어서 한 자락 나직이 방글방글 살아가기를 소망한다. 그의
삶은 빛나지 않지만 작은 꿈 소박하게 실천하면서 조곤조
곤 삶의 이야기를 나누면서 살아가는 것이 그의 꿈이다.

찾아온 봄을 싣고
밭이랑 오가면서
희망과 꿈을 심고
씨앗과 다짐한다
들녘을 채워주겠지
기다린다 푸른 빛
    - 시조 「꿈을 싣고」 중에서

　봄이 오면 농사꾼으로 혹은 시인으로 밭이랑 오가면서 희
망과 꿈을 심는다. 그리고 씨앗과 다짐한다. 들녘이 온통
푸른 빛이 빛나는 갈맷빛 세상이 온다는 사실을 기억하자
고. 윤영 송연화 시인의 삶은 꿈을 실현하는 삶의 여행이
었다. 송연화 시인은 이 시각 농사를 짓고 그 수확물을 어
떻게 이웃과 나눌 것인지 고민하고 있다.
　사실 그가 운영하고 경영하는 '황금 농장'이 잘되어야만
그의 꿈이 실현될 수 있다. 그의 첫 번째 꿈은 시집 30여

권을 발간하는 것이었다. 아울러 자신의 이름으로 '윤영 송
연화 문학관'을 설립하는 것이었다. 마침내 남편의 도움으
로 윤영 송연화 문학관을 2024년에 건립한다.

> 시집 책 한 권 두 권
> 쌓여서 책장 보관
> 나만의 역사 되어
> 칸칸이 집을 짓고
> 소중한 나의 보물들
> 그리움을 삭이네
>
> 부상의 상패들도
> 덩달아 반짝반짝
> 선반에 차곡차곡
> 제자리 지켰어라
> 보는 맘 즐거움 가득
> 도전한다 시 한 수
>
> 일상의 하룻길에
> 바빠도 시를 쓰고
> 시간을 쪼개가며
> 사진을 담아두지
> 나만의 보물들 모아
> 꿈을 꾸는 문학관
> – 시조 「나의 보물」 전문

 그는 하루라는 낯선 길을 거침없이 찾아 나선다. 우리가

가는 인생길은 사실 그렇게 가야 한다. 매일매일 시와 시조 한 수를 쓰다 보니 책 한 권의 분량이 되었다. 첫번째 출간한 시집이 『돛단배 인생』이다. 그리고 마침내 서른 번째 시집 『마음 지우개』를 상재한 것이다.

무엇보다도 남편의 역할이 큰 힘이 되었다. 문학관에 잔잔한 울림을 주는 풍경도 만들어 주고 보이지 않게 응원해 주고 홍보해 주는 남편의 역할은 대단하다.

> 은은한 풍경 울림 땡그렁 흔들흔들
> 고요한 처마 끝에 춤추고 노래한다
> 돋보인 남편의 작품 못 말리는 내 사랑
>
> 있는 듯 없는 듯이 언제나 그 자리에
> 뜨겁게 응원 주는 남편이 으뜸이야
> 시집 책 이웃에 선물 누가 누가 말릴까
>
> 시집 책 앞장서서 홍보와 나눔으로
> 보듬고 아껴주는 팔불출 아내 사랑
> 든든한 후원자 역할 일등 공신 내 남자
> – 시조 「풍경 소리」 전문

윤영 송연화 문학관이 건립되고 책이 발간할 때마다 무엇보다 부모가 그립고 감사의 마음을 갖게 된다. 더욱이 자신의 기쁨을 부모님께 전하고 싶은 마음이 간절한 것이다.

> 천둥벌거숭이 사월의 봄

자드락길의 언덕을 지나
굽이굽이 숲으로 스며들면
그리운 임 만날 수가 있습니다

얼마나 보고 싶으면 눈자위
움푹 꺼지는 아릿한 그리움
목젖이 아프도록 삼키는 울음
그리움 안고 산소 가는 길
그 길에서 만난 철쭉꽃
손잡아 주는 당신처럼
철쭉꽃에 묻은 찐득찐득한
사랑이 배어 또 목이 메입니다

붉게 꽃물 든 그 길을
시집 책 자랑하려고 숨 고르며
상상의 나래를 활짝 펴고
아버지 품 찾아갑니다
- 시 『사월의 동산』 전문

 자신의 꿈을 성취하면 꼭 그 결과를 부모님께 알려드리
고, 직접 보여 드리고 싶은 것은 인지상정이다. 하지만 당
사자가 멀리 떨어져 있거나 이미 세상을 떠났다면, 참으로
아릿한 그리움이 밀려와 목젖이 아프도록 삼키는 울음이
있게 마련이다.

 상처받는 사람의 깊은 마음
 통째로 지울 수 있다면

생각까지도 지울 수 있는 지우개를 갖고 싶다

내 마음 환해질 수만 있다면 얼마나 좋을까
살아내면서 우여곡절 굽이굽이 비탈길을 오른다

때로는 죽을 만큼 힘들어 애써 울분을 삭이며
마음 가라앉기만을 기다림은 수없이 반복 중이다

마음이 넓은 줄만 알았다
마음이 좁은 줄 꿈에도 몰랐다
속 좁은 여사가 분명한 걸 애당초 몰랐다

겉으론 상냥하게 웃고
속으론 손톱의 각을 세우고
호시탐탐 기회를 엿보는 삶
내가 가야 할 기구한 삶이 아프다
이제는 용서와 화해가 필요할 때
– 시 「마음지우개」 전문

시인은 자신을 성찰하는 마음으로 어느덧 30권째 시집을 출간했다 시와 시조를 쓰는 일은 마음에 갖고 있던 여러 가지의 상처나 아픔을 지울 수 있는 장치, 곧 마음의 지우개를 갖게 되었는지도 모른다.
상처받는 사람의 깊은 마음을 헤아려서 통째로 지워줄 수 있다면 얼마나 좋을까? 시인은 서른 권의 시집이 모든 사람에게 아픔을 지울 수 있는 지우개의 역할을 할 수 있으면 좋겠다고 말한다. 이로 인해 많은 사람들의 마음이 환해질 수만 있다면 얼마나 좋을까?

시인은 살아가면서 우여곡절을 겪으며 굽이굽이 비탈길을 여러 번 걷곤 했다. 때로는 죽을 만큼 힘들었을 때도 있었을 것이고, 애써 울분을 삭이며 마음 가라앉기를 수 없이 기다렸는지도 모른다.

겉으론 상냥하게 웃고, 속으론 손톱의 각을 세우고 응보의 기회를 엿보는 나의 삶이었는지도 모른다. 시인은 이제 많이 깨닫고 있다. 용서가 필요하다는 것을.

인생은 분명 고난의 길이다. 이제 그 모든 것을 지우는 시, 마음의 지우개를 갖고 싶은 것이다.

산책길 뚝방에는 꽃길
노오란 금계국 살랑살랑
미소가 얼굴 가득 행복하다

아침저녁으로 걷는 이길
정녕 나만의 꽃길인 듯
자존감은 하늘을 날고

마음은 가득 부풀어
둥둥 떠다니며 한 걸음씩
아름다운 꽃과 동행이다

오로지 건강을 챙겨야 하는
절실함이 요구되기에
부단히 노력을 다할 뿐이다

언젠가 수고 했다고
나 자신 토닥토닥할 때가
분명 돌아오리라 믿으며

하염없이 꽃길을 걸으며
내일의 풍성한 꿈을
한 아름 가득 펼쳐본다
– 시 「금계국꽃」 전문

　우리가 살아가면서 관계를 맺는 것은 특정한 시간과 공간
속에 존재하는 특수한 대상이다. 즉, 나는 투명한 상태에서
장미 일반과 관계를 맺는 것이 아니라 일정한 욕구와 감정
을 가지고 특정한 시간과 공간 속에 피어 있는 특수한 장
미꽃과 관계를 맺는 것이다. 따라서 그것은 반복이 불가능
한 일회적인 시간이고 그 경험도 일회적이다.
　어쩌면 시는 개개의 사물이 지닌 고유성과 그리고 마주치
는 경험의 일회성과 고유성을 복원시키려는 노력 속에서
탄생하는 것이다.

이미 발걸음은 뜨락을 향한다
군데군데 꽃들이 반갑게 피어
향기로 즐거움 주고 있기에

햇살은 장독대 가득 퍼지고
마당에 번지는 꽃향기로
벌렁코 되어 얼굴 가득

행복꽃 잔잔히 피어오른다

꽃 심어주고 풀 뽑아주고
사랑과 정성을 다해
시간을 조금만 투자하면
이렇듯 주위가 평화롭다

요행을 바라지도 않는다
텃밭의 농작물 가꾸고
희망의 꿈 뿌린 대로
거두며 소박하게 살리라
– 시 「뜨락의 꽃」 전문

그의 시는 맺고 풀며 굽이치는 여운을 남긴다. 시상의 흐름을 낚아채는 그의 열정과 끈기 또한 대단하다. 농업을 경영하면서 사랑과 정성을 다해서 시간을 투자하여 자신의 삶이란 뜨락에 꽃이 활짝 피어나고 있다.

부지런히 움직이는
손끝의 내 사랑 하나로
둘레가 싱그럽고 상큼하지요

꽃이 피는가 했더니만
나비와 꿀벌들 떼로 몰려와
사랑 나누는 장소 되어 주었죠

어느 결에 주위는 푸르름으로

뜨락을 화사하게 가득 채워져
가지마다 열매가 주렁주렁

사는 맛 즐거움이 가득하니
심신을 맑게 정화해 주고
한결 마음 가볍게 살아갑니다

내일의 희망 담아서
쓸어안은 마음자리엔
행복꽃이 하나둘 피어납니다
   - 시 「싱그러운 뜨락」 선문

 여러 권의 시와 시집을 끊임없이 발간하다 보니 작품을
써왔던 저력이 심중에 녹아 있어 술술 시가 읽힌다. 열심
히 텃밭의 농작물을 가꾸고 희망의 꿈을 뿌린 대로 거두면
서 땀 흘린 보람을 행복으로 경험하는 것이다.

보름달 보면서
내 사랑을 빌고 건깅을 빌고
무언의 약속을 합니다

구름 위에 살포시 얹혀진 보름달은
당신의 커다란 둥근 마음입니다

한가위의 소망 속에
두 손 모아 그대와의

내일을 꿈꾸는 기도 소리
내 사랑이 행복합니다

어디서든 볼 수 있는
저 달이 부러운 건
멀리 있는 달님과의 소원을
공유했기 때문입니다

희미하게 떠오른
보름달 가득 차올라서
시가 되고 편지가 되어 내게 전해옵니다
– 시 「보름달」 전문

  송연화 시인에게 '시는 일상이다.' 다만 그의 시는 다른 독자들과 공유하는 '나눔'이라는 덕목이 있다. 그가 재배한 농산물을 다른 이와 나누면서 시도 역시 나눈다는 것이다. 보름달을 바라보는 그의 기도와 소원처럼 그의 삶은 시가 되고 편지가 되어서 이웃과 사랑으로 나눈다는 사실이다.
  좋은 작품으로서 시와 시조의 성패는 다양한 삶의 모습이 얼마나 절절하게 형상화했는가에 달려 있다. 송연화 시인의 시와 시조는 진솔하게 자신의 삶을 형상화하고 있다. 그것이 송연화 시인의 시와 시조의 강점이다. 그의 소재를 생활 주변에서 찾고 그것에 새로운 생명을 불어넣고 있다. 또한 그의 시는 읽으면 읽을수록 눈에 밟히듯 선명하게 다가오는 감칠맛이 있다. 하찮은 대상에게도 자신의 마음이

닿을 때까지 오래도록 정을 나누면서 애틋하게 바라본다. 시인은 결코 소소한 일상을 배제하거나 소외시키지 않는다. 그렇게 삶에 집중하면서 그의 속내를 캐내는 열정과 끈기가 존재하는 것이다. 다만 그의 삶의 뜨락에서 현실을 그대로 보여주는 것에 머물지 않고 지금처럼 자신의 삶을 성찰한다면 더욱더 맛있는 시가 되지 않을까 한다.

이제 글을 마무리하고자 한다. 그의 시적 대상은 쉽게 접하는 자연 그리고 사물이다. 자연과 세상을 어떻게 바라보느냐에 따라 자연과 세상은 얼마든지 다르게 보이기 마련이다.

다시금 서른 번째 시집 출간을 축하하면서 그의 열정과 노력에 존경의 마음을 표한다.

송연화 시인에게 마지막으로 소원하는 바가 있다. 그것은 자신의 삶을 사랑하는 그 마음처럼 끊임없이 치열하게 가슴을 열어 사랑으로 껴안으면서 살아가면 어떨까?

지금의 모습처럼 시적 대상도 숨을 쉬는 새 생명으로 거듭 되살아날 수 있으리라 기대한다. 욕심일지 모르지만, 또다시 서른한 번째 시집을 기대한다.

다시금 끊임없는 그의 시적 열정과 치유와 성찰 그리고 나눔을 존경한다.

■ 글벗시선 230 송연화 서른 번째 시와 시조집

마음 지우개

인 쇄 일 2025년 10월 2일
발 행 일 2025년 10월 2일
지 은 이 송 연 화
펴 낸 이 한 주 희
편집주간 최 봉 희
펴 낸 곳 도서출판 글벗
출판등록 2007. 10. 29(제406-2007-100호)
주　　소 경기도 연천군 연천읍 현문로 433-27
　　　　　 종자와 시인박물관 내
글벗카페 https://cafe.daum.net/geulbutsarang
E-mail pajuhumanbook@hanmail.net
전화번호 010-2442-1466
팩　　스 031-957-7319
가　　격 15,000원
I S B N 978-89-6533-304-3 04810